ÉCLATS DE RIRE

RÉGIS DEBRAY

ÉCLATS DE RIRE

nrf

GALLIMARD

« Mon verre s'est brisé comme un éclat de rire. »

APOLLINAIRE

L'appétit pour le schéma explicatif global diminuant avec l'âge – on est trop sérieux quand on a dix-sept ans –, la queue de cerise et le pet de lapin prennent sur le tard une juste revanche sur la synthèse, à tendance mortellement gouvernementale comme on sait. Quand il n'y a plus trop à attendre par-devant, les petites pensées de derrière ont tendance à pointer le museau, car il y a du sans-gêne dans les arrière-boutiques. Un accident vasculaire cérébral, et voilà une joyeuse pagaille. Le lien ne se fait plus, la cocasserie s'installe. Cohérence en baisse, trous de mémoire, déséquilibre garanti. Le tout s'en va, les riens remontent. Le glaneur des deux rives n'en demande pas plus. Et comme un homme se déconstruit en moins de temps qu'il lui en a fallu pour se construire, on peut profiter de sa mise en pièces pour prendre en notes l'intempestif. C'est l'heure espiègle du décousu main

– remembrances, épigrammes, pirouettes, brèves de comptoir. Sans logique ni protocole, au petit bonheur la chance. Et pour cause : les mots vous tombent dessus, en toute inconvenance, sans queue ni tête – comme la vie, en quelque sorte.

D'où ces incipit en vrac pour faire sourire ou réfléchir, ou les deux. À chacun de rebondir, ou de s'enfuir.

« La chouette de Minerve s'envole à la tombée du jour. » Traduction : la lumière se fait en nous au crépuscule. On se sent donc un peu bêta quand arrive le soir. On est devenu un peu plus malin mais ça ne sert plus à rien.

La vraie subversion, c'est en sous-sol. Dès que la taupe grimpe au balcon, la transaction commence. Monter pour prendre la lumière, c'est descendre, inexorablement.

Le talent regorge d'idées. Le génie n'en a qu'une, il s'y tient. *Perinde ac cadaver*. « Je suis le Fils de Dieu », par exemple. Pas facile de s'accrocher. Si on va jusqu'au bout, sans fléchir, Golgotha inclus, c'est gagné, et pour longtemps.

Pour les idées qu'on se fait du vaste monde, il est conseillé de se rendre sur place, comme pour acheter chaussures et pantalons. La vente par correspondance, pour le on-dit ou la bienséance, est une commodité rentable, mais source d'erreurs graves.

Qui tient à sa réputation doit surveiller ses expressions. *Décadence* déconsidère. Cela sent par trop le réac, le moisi, voire le facho. *Déclin* est moins compromettant et plus grand genre, cela fait Empire romain, Venise XVIe, Pays-Bas XVIIIe, Espagne XVIIIe, États-Unis XXIe. *Fin de siècle ?* Chaque chose en son temps, on n'est qu'au début du nôtre. *Fin de partie*, c'est rigoureux comme du Beckett, mais cela manque de charité.

Quel mot juste pour notre actualité locale qui ne fasse pas trop ronchon ou vieux con ? Un yop la boum ? Pas crédible. Si on chaussait le cothurne, on parlerait d'un temps à remettre son billet sans demander son reste, façon Montherlant ou Romain Gary. La sortie par le haut. La solution individuelle. Cela ne manque pas de panache mais ne résout pas le problème.

Autant, sur le forum, il est convenable d'arborer des vues larges, autant, dans son for intérieur, on gagne au plan serré. Les espaces du dedans, on peut s'y sentir à l'étroit mais le repli sur l'intime dissuade de courir comme un dératé – après ce qu'on ne se lasse jamais, comme tant d'autres, d'attendre en vain.

Le *panem et circenses* contemporain : *fric et frime*. Il faut se faire voir pour avoir des sous et il faut des sous pour se faire voir. Avoir une image, cela coûte, en sorte qu'il faut être riche pour être beau. Quand ce tandem a-t-il atteint, en France, son régime de croisière ? Quand business et com ont pu occuper le terrain, la photo devenant l'arbitre des élégances. Libre à ceux qui n'ont qu'un porte-plume à disposition de s'adonner au latin-grec, au violoncelle et au bain dans la mer à midi. C'est leur bonheur : n'étant plus dans le coup, on leur fout la paix.

L'astre impérial romain suspectait beaucoup de vieux Grecs en orbite d'être « anti-romains ». D'où vint chez ces derniers, notamment les philosophes, l'envie de se dédouaner en tentant leur chance à Rome, avec souvent un grand succès.

Notre empire à nous délire, et ses égarements déteignent par mille pores sur nos façons d'être, de parler et de penser en Europe. Imprégnés nous sommes, et presque fiers de l'être. Mais, bien qu'interdit de séjour aux États-Unis depuis de longues années, jugé indigne d'en souiller le sol, je m'en voudrais d'être « anti-américain ». Ma seule ambition : devenir un jour *anaméricain*. Ni pro ni anti : ailleurs, autrement.

Les tyrans ferment portes et fenêtres pour épargner à leurs administrés les courants d'air. Ils n'ont pas tort. De l'air du large à la largeur d'esprit, il n'y a qu'un pas, et les villes côtières par trop ventilées propagent toutes sortes de virus contagieux. On n'a pas assez réfléchi aux affinités millénaires entre l'*hinterland* et la dictature. Car enfin, après Athènes / Sparte, il y a eu Pékin / Shanghai, Moscou / Saint-Pétersbourg, Berlin / Hambourg, Madrid / Barcelone, Santiago / Valparaíso, et j'en passe. Le knout s'écarte d'instinct du littoral, d'où proviennent tant de mauvaises influences. Outre qu'une côte au vent permet de filer à l'anglaise, le vent du large aère l'esprit en brisant les enclos. En cas de coup dur : se rapprocher des criques et des estuaires.

On perd beaucoup de temps dans les années de recherche à s'occuper des diverses *thèses* en lice sur le sens ultime de la vie. C'est sur le tard qu'on découvre le pot aux roses : les *prothèses* décident en amont. L'intendance précède. On devient alors « médiologue ». Et c'est quand on en arrive au plus sérieux, le dur du mou, les moyens de la fin, qu'on passe pour un adepte des frivolités du jour. *Dura lex sed lex*.

On ne témoigne pas assez notre reconnaissance de dettes envers ceux qui, jadis, auraient pu nous mettre d'emblée sur la pente ascendante, en nous empêchant de dévaler la nôtre vers le bas – en l'occurrence, les grandes visions panoramiques, la généralité molle, la synthèse bon marché qui épate à l'économie.

Deux officiers du détail, dans ma jeunesse, m'ont mis le pied à l'étrier, au petit rien décisif qui bannit l'à-peu-près. Georges Perec d'abord, qui m'a laissé, quand il est parti enseigner à Sfax, en Tunisie, son appartement du 5, rue Quatrefages, Paris 5e. Je lui réglais avec désinvolture, *grosso modo*, à la va-vite, les frais généraux de la location (électricité, chauffage, téléphone, etc.) et il me renvoyait chaque trimestre un rectificatif méticuleux, sur chaque rubrique, écrit posément à la main, au centime près. Et Fidel Castro, peu après, qui m'enseigna, quand il me rejoignait dans mes séances d'entraînement à Punto Cero, à bannir la rafale en automatique, qui arrose la cible (en l'occurrence, une vieille jeep en mouvement à une centaine de mètres) en vidant le chargeur, pour un coup par coup plus ajusté, méticuleux, posé, qui n'en fout pas plein la vue ni les oreilles mais économise des balles. *De minimis curat praetor*. N'était la méfiance instinctive que m'inspirent les lâches et trompeurs traits d'union du jargon politicien (rouge-brun, hitléro-trotskiste, islamo-gauchiste, gaullo-mitterrandiste, social-fasciste, etc.), j'accepterais bien volontiers d'être qualifié – mais ce serait prétentieux – de « castro-perecquiste ». Sur « l'art et la manière d'aborder son chef de service pour lui demander une augmentation » ou, pour un trublion périphérique, de tenir tête à la plus grande puissance du monde, rien ne doit être tenu pour accessoire. Quand on joue le tout pour le tout, pas d'esbroufe : un rien peut faire tomber. La broutille fait perdre ou gagner.

Prétention ou précaution ? Il y a toujours du vivifiant dans la taille du dessus. Elle fait décoller. Après tout, de Gaulle était un fou à la Victor Hugo : il s'est pris un jour pour Charles de Gaulle, et bien lui en a pris. Ce fut sa chance, et la nôtre. Demander au marchand de chaussures du 42 quand on chausse du 39 n'est pas toujours idiot. Peut-être, pour un quidam comme pour une nation, le déclin commence-t-il du jour où ils s'enlèvent les bottes de sept lieues pour des croquenots à leur taille. Ce que les gens font de mieux, ils le doivent à ce genre d'aliénation sublimante. Se prendre pour ce que l'on est en fait, sans délire ajouté, c'est le début de la fin. Une dépression assurée, non remboursée par la sécurité sociale. Tant mieux pour elle : elle croulerait sous les déficits. Tant pis pour nous : la fin des rêves hors mesure est trop cher payée.

Pas d'action collective capable de faire l'histoire sans quelque illusion lyrique et donc motrice. Comment prendre au sérieux, dans nos affaires pendantes, des comptables qui alignent des chiffres sans faire monter à nos lèvres aucun chant, *La Marseillaise*, *L'Internationale*, *Le Chant des partisans*, le *Quinto regimiento* ou *Salve Regina* ? Qui n'émeut pas, avec un rythme ou un refrain, ne met rien en mouvement. Problème : ce qui ne chante pas, *a cappella* ou en chœur, ne tire pas à conséquence dans notre histoire, mais ce qui ébranle et fait vibrer conduit assez souvent dans le mur. Raymond Aron a raisonné sans résonner au fond des cœurs. Aragon a résonné au fond de nous – Léo Ferré et Jean Ferrat aidant – en défiant la raison. Rien dans l'ordre collectif ne se fait sans lyrisme, et le lyrisme à lui seul – voir les Chœurs de l'Armée rouge – peut couvrir des catastrophes. De l'enchanteur qui donne de l'allant au rabat-joie qui coupe les jambes, force est de choisir entre les inconvénients. Il se fait finalement à la longue dans une société, comme en chacun de nous, un va-et-vient entre une poétique qui égare en nous soulevant de terre et un prosaïsme qui nous ramène à terre en faisant déchanter. Comme une alternance qu'on peut dire, tout compte fait, assez bénéfique, quoique assez dure à vivre sur le moment.

« La pérennité chinoise n'habite pas les pierres mais les gens », note excellemment Simon Leys. N'en va-t-il pas à l'inverse chez nous ? La pérennité française habite de moins en moins les cerveaux et les cœurs mais de plus en plus les pierres, les Archives nationales, les châteaux, les musées et les lavoirs, tous dûment poncés, relookés et sauvegardés. Notre vocabulaire rétrécit plus vite encore que nos glaciers, sans parler de la syntaxe, mais l'obsession patrimoniale gagne du terrain. Sacralisation des traces, désacralisation des héritages. Comme si la présence physique du passé avait pour fonction essentielle, d'ailleurs utile, de compenser son absence morale. Ce qui n'est plus actif se donne à visiter. Le bâti rénové vient exonérer – et, de plus, cela rapporte – le délabrement des mémoires sous-cutanées, l'amputation des horaires d'histoire à l'école, et l'adoption du *basic English* en *lingua franca*. Il faut remercier la Direction du Patrimoine, de donner toute sa splendeur monumentale à un aussi considérable épuisement spirituel.

L'Occidental domine l'espace et maîtrise l'instant. Il peut sidérer car il a la maîtrise de l'immédiat et des images. Il peut donc envahir, non rester sur place. Le temps joue contre lui. L'Oriental, maître de la durée, gagne le marathon. D'un côté, le raid et le flash. De l'autre, la mémoire et la patience. Côté Orient, on a le temps et les pieds sur terre. Côté Occident, on a l'aviation et les écrans pour soi. Le duel Amérique-Chine sera, est déjà celui du lièvre et de la tortue. Nous risquons d'assister à la revanche du temps long sur les maîtres des start-up, des airs et des océans, incapables, au sol, de tenir la distance.

À noter cependant qu'un Occidental peut, à titre personnel, s'orientaliser en vieillissant. Quitter la une ou l'affiche, réduire la voilure et son exposition en devanture, pour faire bande à part et s'installer benoîtement dans un recoin caché du temps.

L'option Proust, antérocentrée, est sans doute, pour un individu, la plus futuriste.

Les furieux contre les narquois. Un conflit millénaire. Deux espèces qui ne s'aiment pas, telle une lutte de classes à travers les âges. Le narquois, son quant-à-soi lui suffit. Il se met à sa fenêtre, juste pour le plaisir. Le furieux bat tambour et chasse en meute. Le voyeur compte les points, sans interférer. Pas très glorieux. Le trublion fait de la température, et partant, des promesses. Pas très sage. Il veut rameuter ; l'autre, piger. Un narquois engagé sera aussi malheureux qu'un furieux contraint de dégager.

Paradoxe : le narquois est un bonhomme à principes, limite psychorigide, et le furieux doit souvent retourner sa veste pour épouser l'air du temps. Qui reste assez froid est plus à même de rester droit.

On se sent un peu refait quand on a voulu refaire le monde et qu'on voit le résultat. Bien à tort si on veut bien se rappeler les deux sens du mot « révolution », rotation complète d'un corps autour de son axe d'une part, brusque changement dans l'ordre social, d'autre part. Les deux n'ont rien d'incompatible mais s'échelonnent dans le temps. On commence par la seconde acception, qui débouche assez vite sur la première (« tout ça pour ça »). L'important est de ne pas se décourager et cent fois sur le métier remettre son ouvrage, car il n'est pas exclu que dans tant d'allers-retours l'aller finisse par marquer des points.

Chaque époque a ses blagues préférées. La nôtre professe le dogme qui nous impose de n'en avoir aucun, disons la croyance dans les bienfaits de l'incroyance. Pas très sérieux mais cela fait intelligent.

Flaubert jeune s'était promis d'être « comme Dieu dans l'univers, présent partout et visible nulle part ». Flaubert vieux n'a pas tenu parole. Il a posé pour le photographe. Le for intérieur ne suffit donc pas. Il y a en tout homme un m'as-tu-vu à la peine, en manque de certitude. On n'est jamais sûr d'exister pour de vrai tant qu'on n'en a pas une confirmation *de visu*.

Nunuches, les utopistes, mais sympas. Astucieux, les réalistes, mais antipathiques. Les deux font tourner la boutique, en alternance, un bail pour le rêveur-rêveur, un autre pour le réaliste-réaliste. Survient de loin en loin, pour casser le ronron, le « rêveur réaliste » (de Gaulle aux yeux de Romain Gary). Ce trouble-fête permet de ne pas tourner en rond. Il a pigé l'essentiel : qui ne commence pas par se raconter des histoires ne rattrapera jamais l'Histoire.

« La tolérance, il y a des maisons pour ça... » Ce ne sont pas toujours des bordels, mon cher Claudel. Simplement le bazar de l'histoire et de la géographie humaines, où le hasard d'un livre et d'une date de naissance décident, le plus souvent à notre place, de ce que seront nos opinions, nos phobies et nos envies. Un peu moins d'intolérance, monsieur Claudel, ne vous ferait pas de mal.

Mai 68 au Quartier latin. Pour qui n'en fut pas, la révolution façon comédie. Peut-être pas une mauvaise idée. Un carnaval plutôt qu'une tragédie : la thèse est défendable, *après tout.*

Le socialisme aura été, chez les militants, une société de lecture et, chez les dirigeants, une société d'auteurs (plutôt insociables). Les deux avaient un préalable : avant et après le meeting du Métropolitain, la lecture silencieuse sous la lampe, le soir, de gros traités savants assortis de feuilles de chou en petits caractères. Ce n'est plus le genre de la maison.

Monsieur X, vers la fin de sa longue vie, avait fait deux découvertes. À quarante ans, c'était que le socialisme, « l'idée qui fait son chemin », avait également, dans son canton, fait son temps. Ce qui l'incita à revenir chez lui pour regarder la télé. La seconde, à soixante ans, c'est qu'une franche et bonne nostalgie met des fourmis dans les jambes. Il eût alors bien voulu se remettre en route mais les jambes étaient lourdes. D'où sa troisième et banale découverte, à quatre-vingts ans : pour ne pas se résigner mieux vaut ne pas trop se renseigner.

— Le romantisme en politique, un danger mortel, n'est-ce pas ?

— Oui, et une politique sans romantisme, d'un ennui à périr, n'est-ce pas ?

— Et qu'est-ce qui vaut le mieux, cela étant : crever d'un coup les yeux ouverts, ou à petit feu les yeux fermés ?

Réponse : il faut examiner ces choses-là cas par cas. De chacun selon ses capacités à chacun selon ses ambitions.

Les réponses de Normand ont du bon.

Seraient à distinguer deux catégories d'individus, d'après leur façon de courir la poste. Quelques-uns courent après ce qui les tuera un jour ; la plupart, après ce qui les maintient chaque jour en vie. Les uns se fixent sur ce qui les guide ; les autres s'en tiennent à ce qui les garde. Les premiers s'exposent au risque de finir en héros ; les seconds, en personnes pusillanimes et avisées (comme vous et moi).

« C'était mieux avant » : trois mots qui tuent. Pour éviter les quolibets d'usage, il convient de dire et répéter : « Le mieux, c'est toujours ce qui vient après. » Même si ce genre de pensée fait une âme d'employé, quand ceux que le passé titille ont assez souvent une âme d'insurgé. Ceux-là ont compris l'enjeu principal d'une existence : à qui on rêve de pouvoir ressembler un jour.

Le réjouissant, avec l'expiration de l'âge politique, c'est la fin d'une attente usante, régulièrement déçue et donc sans cesse rebondissante. Une fois libéré des lendemains qui chantent, on peut organiser sa vie au jour le jour, sans suspense inutile. C'est comme une levée d'écrou. On se sent libre, mais un peu morose. Vivre son présent au présent n'est pas ce qu'on peut faire de plus gai.

Le malheur des humains est d'avoir été enfants, serine le philosophe. Non, rétorque le poète, c'est de ne pas le rester. Comment lui donner tort ?

Trois câbles qui pètent dans le ciboulot et le tout fout le camp. Aux antitotalitaires de profession, on a envie de dire : « Bravo pour vos discours, messieurs, mais nous, on pratique. »

« On apprend plus des bons livres que de la vie », disait Freud, pour une fois optimiste. Je doute qu'une bonne bibliothèque puisse remplacer de bonnes dérouillées. Elles nous apprennent ce qu'est la vie dès qu'on met le pied dehors. Le plus sûr, c'est quand au croquenot s'ajoute un bouquin. Le Che, en Bolivie, en avait toujours deux ou trois dans son sac à dos. Chez un révolutionnaire, le marcheur est inséparable du *liseur*. Quand la marche en avant abandonne l'in-folio, et qu'on passe à l'écran-roi, le préfet de police peut dormir sur ses deux oreilles. Le visionnage n'a jamais fait de visionnaires. Des casseurs tout au plus, ce qui n'a rien à voir.

Si je puis me permettre, indiscrétion mise à part, Jane Fonda, Joan Baez, Bianca Jagger, jadis rencontrées et aimées, m'ont fait découvrir l'inattendu. À savoir que les divas sont les plus imprudentes des femmes, les moins pimbêches et chichiteuses. Leur naturel se moque du qu'en-dira-t-on. Pas de lunettes noires ni de hauts talons, comme tant de coquettes indigènes. Vont à l'amour sans faire des mines. Peut-être parce qu'il y a plus de *wilderness* en Amérique et de petit doigt en l'air à Paris. Baudelaire s'est trompé : le brut chez une femme ajoute de la grâce à la grâce. Il n'a vu juste que sur un point : d'autant plus belles qu'étrangères, nos aphrodites nées de l'écume et du pixel.

La bleusaille aime le rouge sang. Ceux qui n'ont jamais tiré un coup de fusil savent mieux que personne souffler dans le clairon, par voie de presse, quand le vétéran, dans son coin, prend son temps.

Le gandin, la guerre le fascine, comme le bordel le puceau. Les briscards y regardent à deux fois, mais ils y vont, en tant que de besoin, et sans grands mots.

Pour une longue vie *post mortem*, il est prudent de faire court. Robespierre et Saint-Just ont abrégé, d'où un lustre incontestable. La Commune de Paris n'a pas trop insisté : mille jours au lieu de cent en auraient abîmé l'aura. Lénine a eu l'astuce de s'éclipser vite. Le Che, la vaillance de prendre les devants. Castro et Mao n'ont pas bénéficié de cette garantie d'avenir : mourir à temps. En histoire, comme en tout, mieux vaut lancer le ballon que marquer des buts.

Catastrophe ! Notre leader bien-aimé est mort… Allons donc ! Un seul être nous manque… et tout est repeuplé.

Célébrer les grands hommes, le pli est pris. On ferait mieux de célébrer les petits trucs. Contrairement aux ustensiles, les premiers font rarement notre bonheur.

À inventer : une combative absence d'espoir. La gageure vaudrait la peine, notamment du côté dit progressiste, où l'espoir finit, la salive et la ritournelle aidant, par mouiller la poudre des plus décidés.

Quand l'avenir se fait la malle, la morale fait le trottoir. Écœurant. Pour éviter ce prêchi-prêcha, la géographie vient alors, à bon escient, remplacer l'histoire dans nos priorités, tant il est vrai qu'un tiens rassure mieux que deux tu l'auras. Reste à voir, mon cher Sylvain Tesson, si et comment, après ce retour au bercail, la rugueuse réalité à étreindre peut tenir la distance.

Maupassant : « Il y a trois façons de se déshonorer pour un écrivain : poser sa candidature à l'Académie française, recevoir la Légion d'honneur, écrire dans la *Revue des deux mondes.* »

Ni bicorne ni rosette ? Cela va sans dire, mais quand on vient de donner un entretien à cette revue – fort respectable au demeurant – on se regarde dans la glace avec inquiétude. Encore un faux pas ? Le surmoi aurait baissé la garde, une fois de plus ?

Maupassant a fini sa vie dans un asile de fous. S'en souvenir peut nous consoler.

Un *nous* toujours s'impose pour échapper au *moi-je* mortifère, sans oublier qu'un *nous* pour de bon ne peut être qu'un *nous autres*. Faut-il se donner un *eux* pour faire un *nous* digne de ce nom ? Le « si tous les gars du monde » n'est qu'un *tous* en tas, soit un tas de *moi-je*. Après quoi un autre *nous* prend corps, pour rebondir. Ainsi va-t-on cahin-caha d'un *nous* expirant à un autre plus inspirant (pour un temps).

L'arsouille et le casse-couilles. Misère de part et d'autre, dirait saint Augustin. Entre les deux, à chacun de se faufiler. L'interstice est mince entre l'entourloupette qui stimule et le sermon qui endort. Le plus aride, c'est quand le marchand de fausses promesses quitte la scène, laissant la place au morne cours d'éducation civique. Comme si un devoir pouvait tenir lieu d'espoir.

La règle commune : commencer raton laveur, finir raté râleur. Y déroger est un devoir, mais attention. Quand les mots, de guerre lasse, prennent le pouvoir sur les idées, s'instaure sous notre crâne une zone grise entre la contrepèterie et le trait d'esprit, en sorte qu'on ne sait plus si on touche le fond ou si on touche au fond. Fiente de l'esprit qui vole ou fulgurance en passant ? Le doute est vite levé. Le déchet l'emporte. Debray, débris : on avait des prédispositions.

Quand on se retourne sur le chemin parcouru pour arriver à pas grand-chose, on peut encore se consoler en se persuadant qu'on s'était simplement trompé de porte.

Le coup de foudre, c'est immédiat, l'indifférence, plus longue à venir. Elle a au moins un mérite : une fois installée, elle ne nous quitte plus. Conclusion : si l'amour est traître, le désamour est fiable.

Les lumières de la ville qui obscurcissent le ciel nous empêchent d'admirer la Voie lactée. À se demander si pour voir clair au-dessus de notre tête, le mieux ne serait pas, ici-bas, d'éteindre la lampe.

Il y a un constant progrès dans les beaux-arts. Un toujours plus de bénéfices pour un toujours moins de dépenses. Moins il y a à voir, plus il y a de quoi causer, et empocher. L'avenir appartenant toujours au Parti du moindre effort, l'invention artistique enrichit les fournisseurs à mesure qu'elle s'appauvrit, comme jadis le Parti communiste se renforçait en s'épurant.

Nos citations d'auteurs nous servent de faire-valoir et chacun dans la profession peut se faire mousser à l'économie, avec des noms glorieux (dis-moi qui tu aimes citer, je te dirai à qui tu aimerais ressembler). On peut préférer à ce vaniteux pompage la dégustation à l'aveugle, sans guillemets, disons : le vol à l'étalage.

La jeunesse, soit, c'est l'optimisme de la volonté, et la vieillesse, le pessimisme de la raison. L'âge mûr devrait ménager une pause dans l'entre-deux, mais en règle générale on passe sans coup férir du premier moment au second, sans se donner le temps de souffler, entre la vanterie initiale et le haussement d'épaule final. Le crucial, cela étant : ne pas trop se presser.

On devine un certain parallélisme entre le devenir des civilisations et celui des individus. À grande ou petite échelle, comme un même défilé de séquences : élan / expansion / rétraction / disparition. De même, en amour comme en tout, de la ferveur à la tiédeur, puis à l'indifférence. Un montage à l'envers serait infiniment plus sympathique. Qui peut, personne ou culture, se vanter d'avoir jamais suivi sa pente en la remontant ?

De l'empire du signe, à interpréter, à celui du signal, à enregistrer, c'est le saut qu'il nous a fallu récemment opérer. On peut douter qu'on ait gagné au change en troquant ce qui nous fait réfléchir contre ce qui nous fait réagir, bref les trucs qui nous mettent du plomb dans la cervelle contre ceux qui nous en mettent plein la vue.

On perd son allant en perdant ses illusions. L'instinct vital est là, heureusement, pour refaire le plein et subvenir à nos besoins. Le premier d'entre eux : peu importe après quoi, mais ne cessons pas de courir.

Soixante-cinq ans, à nous la quille, le sécateur et la chaise longue. Un type normalement constitué peut encore aimer, passé cet âge, mais ne sait plus haïr. N'étant de ce fait plus bon pour le service, autant qu'il revienne à ses roses.

Tant qu'on est inconscient du peu qu'on peut, on tente de grandes choses. Quand on ouvre les yeux, on retrouve le sens de la mesure. Avoir la berlue fut et reste un cadeau des dieux.

Pour se faire applaudir, le mieux est encore de vivre et penser *à propos*. Pas facile. Le normal, c'est d'être ou bien en retard sur l'événement, donc un traînard, ou bien en avance, donc un rêveur. Honneur à qui a la malchance d'avoir sa montre à l'heure car cela ne fera pas son bonheur.

Les châteaux en Espagne que sont les programmes électoraux, la mode en est passée, l'heure grise et sévère est au bilan comptable. Reste à savoir si l'on n'a pas toujours besoin de quelques fantaisies émouvantes et exotiques pour continuer à mettre un pied devant l'autre.

Pas de révolution qui ne rêve de fraternité ; pas de révolution qui ne déclenche tôt ou tard les hostilités. Ce qui, avec le temps, se retourne en son contraire, la dialectique des bons auteurs ne voit rien là que de normal. Rien de très folichon non plus, ajoutent les spectateurs. Non sans raison mais est-ce une raison pour rester au balcon ?

On aimerait le tribun qui commencerait ainsi son allocution : « Je prends la parole à condition qu'il n'y ait pas d'applaudissements à la fin. » Hélas cette fausse modestie ferait encore acte d'autorité, réclamant non un public qui chahute mais un auditoire qui se tait. Comme dans une église ou un amphi. Les Grecs avaient pigé. *Upakouein,* c'est à la fois obéir et écouter. N'oublions jamais que pour ne pas aller dans le mur, il faut parfois interrompre l'orateur.

Le Dieu chrétien a eu tort de vouloir rentrer dans l'histoire. C'est la meilleure façon de devoir en sortir un jour. Bouddha fut mille fois plus prudent. En ne se mêlant de rien, il peut voir venir.

Il n'est de gloire durable que posthume, d'où vient qu'on ne doit pas se précipiter. Le *Santo subito* est un cercle carré, même un sacré pontife doit attendre son tour. Un sondage effectué juste après l'assassinat de César ou la mort de Napoléon aurait donné de vilains résultats. Notre « maintenant tout est maintenant » n'annonce, côté transfiguration, rien de très encourageant.

Un homme civilisé est assez fatigué, ou l'inverse. Trop usé en tout cas pour se mettre en colère ou tenter l'impossible. On pourrait définir une civilisation comme une brève phase de transition entre l'envie d'en découdre et le besoin de se reposer. *In medio stat virtus*. L'idéal, pour Sisyphe, serait de s'arrêter à mi-pente.

Peut-être une vie est-elle réussie, comme un livre, quand on en a trouvé la première phrase. La difficulté est la suivante : l'incipit, c'est le mot de la fin, car ce n'est qu'à la fin, d'un livre et d'une vie, qu'on trouve le début qui s'impose. C'est alors qu'on voudrait reprendre son coup pour partir cette fois d'un bon pied, mais le coup est déjà parti. La trouvaille a filé.

L'existence comme un moteur à deux temps. Dans le premier, on a de la flamme ; dans le dernier, de la flemme. C'est gagné quand le flemmard peut encore, de temps à autre, souffler sur la braise.

Le métier littéraire a un avantage sur les autres : le fusil à deux coups. Qui ne trouve pas son nom dans la liste des meilleures ventes peut toujours se consoler en regardant nos annales où figurent nombre de revenants, passé cent ans de solitude. Le flop comme assurance survie : ce faux espoir est notre privilège de caste.

La vie nous joue des tours, à domicile et à tout âge. Finalement, elle est plus drôle qu'on ne croit. Une raison de plus pour la prendre au sérieux.

Le goût de l'archive grandit avec les ans – individus ou peuples. Le *maintenant* se cherche d'instinct des excuses dans l'*auparavant,* d'où le roman national ou familial. Un *hier* redoré peut rendre l'*aujourd'hui* acceptable, voire excusable. Autant dire qu'on a du pain sur la planche. Cent fois sur le métier, remettre son passé.

Pour un petit poisson rouge, le bocal est un non-sujet. C'en est un rétrospectif, quand il en est sorti, raide mort. D'où l'intérêt qu'il y a à ne pas trop bouger de chez soi. C'est en Amérique qu'un Européen découvre l'Europe. Le fait qu'on ne puisse apprendre ce qu'on est qu'au moment où on ne l'est plus n'a pas que des inconvénients : cela oblige à mettre le nez dehors. Le grand écrivain lui-même ne retrouve sa canne et son chapeau qu'après coup, dans sa maison-musée. L'englobant échappe. H_2O n'étant pas la découverte d'un poisson, il est impératif de changer de bocal pour pouvoir regarder le sien en face. On ne cause des carottes qu'une fois cuites. Le passé donne à penser, le présent rend distrait. La France d'aujourd'hui ne nous révélera tous ses charmes que lorsque tous ses indigènes parleront et penseront globish. C'est en bonne voie.

Parler au nom du peuple en s'y frottant le moins possible : à gauche façon caviar, la précaution n'est pas sans bénéfice. On a les avantages sans les inconvénients.

La grâce d'arriver à tout en ne faisant à peu près rien est donnée aux plus débrouillards d'entre nous ; bien moins lotis mais plus nombreux sont ceux qui n'arrivent à rien en faisant un peu de tout. Notre culture du résultat donne aux faiseurs un net avantage sur les amateurs.

Comment sortir du lot dans le tout-à-l'ego ambiant ? En faisant comme tout le monde, c'est-à-dire en montrant n'importe comment, où et quand, qu'on n'est pas n'importe qui. Le cercle vicieux peut rendre fou – ou méchant.

Il y a du plaisir à dire du mal de soi car c'est le meilleur moyen de faire plaisir aux autres. On peut désamorcer les attaques, susciter la commisération et laisser à l'interlocuteur le soin du très espéré et toujours bienvenu « mais non, voyons, vous n'êtes pas si mal, vous exagérez ! ».

Dans le *fishing for compliments,* la stratégie indirecte est de loin la meilleure.

« Le monde, note Valéry, ne vaut que par les extrêmes et ne dure que par les moyens. Il ne vaut que par les ultras et ne dure que par les modérés. » Les individus aussi ne valent que par leurs folies et ne durent que par des lâchetés. La prudence vient avec l'expérience. Après un certain âge, cœur vaillant n'est plus que pour avoir été. C'est en général à ce moment-là qu'on écrit ses mémoires.

« Nous ne voyageons pas pour le plaisir. Nous sommes cons, mais pas à ce point-là. » Samuel Beckett parle d'or. Motus et bouche cousue. L'industrie touristique doit vivre.

S'étaler ou s'éclater ? Un éternel dilemme. De deux mots il faut choisir le moindre. On minimise les risques en faisant court. Quand le fond est idiot, ça se voit moins.

À un ami et soignant neurochirurgien : « Quand pensez-vous devoir quitter la table d'opération ? » Réponse : « Quand je commencerai à vouloir aller vite, en perdant patience » (une intervention sur le cerveau pouvant durer jusqu'à dix heures). « Et vous, votre écritoire ? — Quand je commencerai à faire long et à perdre l'impatience. »

À chaque métier son garde-fou.

Le propre, et le bonheur, du scientifique est de faire progresser le savoir ; le propre, et le bonheur, du moraliste est de ne pouvoir faire progresser la morale. Pas de vaccin contre le génocide et le crime passionnel. Cela est fâcheux mais n'a pas que des inconvénients : le moraliste, tout comme le politique avec ses prédécesseurs de carte postale, peut rester à tu et à toi, et par tous les temps, avec Épictète, Pascal et Albert Camus, sans craindre la date de péremption. C'est peut-être un malheur pour l'espèce, mais à titre individuel on peut trouver là de quoi se consoler. Malgré les apparences, il n'y a et il n'y aura jamais de ringards à l'Académie des sciences morales et politiques.

Chez les gens de culture, le tout n'est pas supérieur à la somme de ses parties. Un mot malheureux – « un anticommuniste est un chien » – peut effacer *Les Mots* ou « je préfère ma mère à la justice », *La Peste*. On peut même, l'informatique aidant, voir la partie effacer le tout. On frémit à l'idée que les miettes puissent emporter le morceau.

Les miettes des autres, s'entend : les seules dont on fasse collection. Les nôtres, par chance, ne nous intéressent pas.

Un médecin archicompétent me signale, entre quatre-z-yeux, exemples à l'appui, une fréquente concomitance entre le niveau de notoriété et le niveau d'incompétence chez nombre de chercheurs renommés. Vivant sur sa réputation, n'ayant plus guère le temps de travailler, et tout à ses relations publiques, tel ou tel devient sur le tard une vedette, alors que les plus en pointe dans le domaine sont les moins répandus. *Quos vult perdere Jupiter dementat prius*. La médiatisation ferait à la longue des charlatans de ceux qui, au départ, n'étaient nullement doués pour le rôle.

Un phénomène des plus banals dans nos milieux intellectuels. Apprendre qu'il concerne également les gens sérieux, cela rassure. On se sent moins seul.

C'est en général sur un pont que ça se passe. Le Souverain Pontife est au courant. Qui tient le pont tient le manche. Souvenirs d'école : le Romain Horatius Coclès interdisant le pont Sublicius ; Bayard défendant le pont de Garigliano ; Bonaparte au pont d'Arcole ; les Britanniques au pont d'Arnhem. Mes souvenirs préférés : Alec Guinness dans *Le pont de la rivière Kwaï* et Gary Cooper dans *Pour qui sonne le glas*. Le crucial, c'est toujours l'entre-deux.

Mauvaise pioche : l'euro a le pont fuyant. C'était assez bien vu pour illustrer du lien sur un billet de banque. Sauf que ces ponts de tout style et d'aucun sont, sur nos coupures, suspendus en l'air : hors sol et hors temps. On ne peut trop attendre du pont entre n'importe où et n'importe où. Dommage. Il faudra faire mieux, dans un siècle ou deux, lors d'une autre tentative de reliance, quitte à réduire le nombre de rives à relier.

Pas facile d'attraper au vol le *just on time*, puisqu'on passe notre vie à passer du *trop tôt* au *trop tard*. D'autant que le meilleur moyen de faire salle comble, c'est de prêter un grand avenir au passé, ou de croire dépassé ce qui a de l'avenir. L'à-propos fait fuir la clientèle. Le bon moment est un fuyard. Il est clair que la bonne réception d'un projet ou d'une idée exige une erreur de date. Nos leaders d'opinion sont au courant : dans la grosse bourde, la plupart font un sans-faute.

Le retard à l'allumage a ses mérites. Me tromper d'avenir m'a permis de participer gaiement, c'est-à-dire les yeux fermés, comme il faut, à toutes sortes de tentatives noblement retardataires, les plus respectables de toutes. Y a-t-il d'autres façons de donner du lustre et du ressort au train-train sociétal ? Ne nous resterait plus, sinon, qu'à faire la grasse matinée.

Passer de l'ère du fait à l'état brut à l'« empire des fictions », de la chose à son signe, de la barbare immédiateté animale à sa pantomime pour jouer, c'est l'essence de toute civilisation. On peut en France, aujourd'hui, se réjouir comme d'un comble civilisateur de voir les honneurs naguère rendus par un président de la République et un pays à ses soldats morts pour de vrai, se transférer sur des acteurs qui rebondissent d'une odyssée à l'autre sur nos écrans pour leur plus grande gloire et notre propre plaisir (comme on le voit à présent sur les plages de Normandie lors des célébrations du Débarquement où les acteurs qui ont joué dans

Le Jour le plus long reçoivent les fervents hommages du public venu sur place – et les demandes d'autographes). Le bipède nature, brut de décoffrage, atteint le summum du policé en tant qu'être de culture quand l'interprète de l'histoire devient lui-même l'histoire, quand le super-héros des écrans se substitue au héros prosaïque du terrain, quand, en l'absence de vraies guerres, et pour pallier cette absence même, les incarnations de l'audace, du risque, du panache et de la bonne humeur intrépide ne sont plus ceux qui sont morts dans leur coin pour un idéal sans gagner un sou, mais ceux qui font semblant avec un parfait, un irrésistible enjouement. Et reviennent ensuite à la maison en traînant tous les cœurs après eux. Quand un État, un chef d'État et derrière lui toute une nation, dans la cour des Invalides, jadis réservée à la célébration de ses serviteurs morts en service, accueillent les sosies qui ont gagné sans ménager leur peine la bataille des studios, des promos et des festivals, on peut dire qu'un pas décisif a été franchi dans le passage du brut au fictif, du réel au symbolique. L'animal humain touche à son acmé, au plus haut de son flamboiement spécifique, quand sa légende émigre du banal champ d'honneur aux prestations honorifiques de la caméra et du micro. Elle parvient alors, à travers hier un Belmondo ou demain un Alain Delon transfigurés en modèles et miroirs de nos plus hautes vertus, toutes nos autorités au garde-à-vous devant le catafalque, à ce que Valéry nommait, pour une civilisation, « son point *doré* de périr ».

La diminution avérée de nos capacités déconnantes n'augure rien de bon pour le tonus général, qui vit de fariboles et meurt de tableaux Excel. Comment se réjouir du triomphe des comptables sur les prêtres et les poètes ? Proust avait prévenu : « L'espérance est une figure de l'instinct de conservation. » Si personne n'est plus là pour nous dorer la pilule, après quoi faut-il courir, autrement dit : à quoi bon continuer ? Laissons les irresponsables vanter « la fin des idéologies ». Ils portent atteinte à la morale publique. En tant que permanente incitation au suicide collectif, voir les choses en face, sans conneries ajoutées, devrait relever du code pénal.

On sécherait sur pied si on ne s'angoissait plus. Il est bon pour le moral des troupes que l'islamiste nous guette derrière chaque porte, que l'espion russe tapi dans l'ombre fourbisse ses armes, et le Chinois en laboratoire son virus. On périrait d'ennui avec le coucou suisse partout. Seigneur, donnez-nous notre trouille quotidienne. Quand croît le péril, croît l'adrénaline. Remercions les médias. Les grandes peurs nous tiennent éveillés. Prions pour nos ennemis. Ils nous requinquent en nous mordant les mollets du matin au soir. Rajoutons-en, autant que possible.

Certains dossiers sensibles portent en couverture *For eyes only*. Mieux vaut pour sa bonne réputation ne pas ouvrir celui-là.

Un temps pour la colère, un autre pour le repli. Un mouvement pendulaire dont on ne se lasse pas, à bon escient. La colère, c'est pour l'élan ; le repli, pour le bilan. On chante, puis on déchante, on applaudit au début, on siffle à la fin (et on bâille pendant l'entracte). Excellent scénario. On peut même entrevoir de bons allers-retours entre exaltation et morosité, un coup à gauche, un coup à droite. Le va-et-vient, sur le forum, entre jeunes en colère et vieux grincheux est excellent pour la santé. Une communauté en état de marche a besoin des deux, alternativement.

Après la romanisation de la Grèce antique, l'américanisation de l'antique Europe. « J'accepte ta tutelle, si tu m'assures la sécurité. » Pour se délivrer du joug macédonien, les cités grecques ont accepté la « protection » romaine. Pour se délivrer du joug soviétique, les nations européennes ont sollicité la « protection » américaine. *There ain't no such thing as a free lunch*. Avec les hégémonies, il y a du revenant-bon. Le statut de *visiting professor* outre-Atlantique vaut dans notre milieu promotion. Comment soutenir que nous ne gagnons rien à cette mise sur orbite ?

« Pensées de survol » ? Soit, mais un peu de recul n'a jamais fait de tort au réconfort. La fin d'une hégémonie, c'est le début d'une autre. Après l'Europe, l'Amérique, après l'Amérique, l'Asie, et pourquoi pas l'Europe à nouveau, dans mille ans ? Il importe que la ronde des empires continue sa course. Le chacun son tour est bon pour le moral.

La nécessaire dénonciation des illusions du moment, il est à craindre qu'elle nourrisse la plus dangereuse de toutes, à savoir qu'on pourrait un jour se passer d'illusions. Comment aller de l'avant sur le long chemin de nos peines, sans se mettre le doigt dans l'œil ? Un excès de clairvoyance nous couperait bras et jambes. Raison de plus pour saluer la vertu d'espérance, tant est forte notre dette envers ce qui ne cesse, pour notre bonheur, de nous faire marcher.

Deux choses menacent une société : le chef et l'absence de chef. Comme on se retourne dans son lit pour trouver la bonne position, on va et vient entre ces deux inconvénients, chacun se présentant comme le remède de l'autre. Pour l'instant, chez nous, c'est l'éclipse qui fait souci. Elle peut donner de vilaines tentations.

Que vaut-il mieux ? Changer de vie pour ne pas avoir à changer ses idées ou changer d'idées pour ne pas avoir à changer de vie ? Difficile, et donc rare, la première opération ; plus facile, donc plus courante, la seconde.

Ce farceur, ce faiseur centenaire : l'« intellectuel engagé ». L'oxymore cache au pire un imposteur, au mieux un comédien, car il est impossible d'être à la fois au four et au moulin. Quand je m'engage pour de bon, j'ai intérêt à ne pas trop réfléchir pour me jeter dans la bagarre. Quand je me mets à réfléchir, j'ai tendance à poser le revolver et à écouter de la musique. L'alternance est souhaitable, tantôt petit soldat, tantôt homme de tête, tantôt réponse à tout, tantôt tout en questions, tantôt rabat-joie, tantôt boute-en-train, mais pas les deux ensemble, pour se marcher sur les pieds. Le vaillant doublé d'un fin observateur exigerait d'être simultanément allant et circonspect, croyant et agnostique, audacieux et retors. À chaque jour suffit sa peine. Quand on vous traite d'« intellectuel engagé », attaquez en justice, pour propos calomnieux.

L'éloge de la paresse est celui du progrès technique, puisque l'un est l'ombre portée de l'autre. L'escalade entamée dès le premier silex taillé ne pouvait qu'inciter à en faire toujours moins pour en avoir toujours plus. Résultat : l'homme dit « augmenté » et bardé de prothèses, n'en foutant plus une rame, sera *ipso facto* très diminué. Va-t-il terminer sa formidable carrière en cul-de-jatte ?

L'ordinateur, ayant réponse à tout, nous vide la tête, comme la calculette dispense d'apprendre ses multiplications et le correcteur automatique son orthographe. Exception faite de la machine expresso, un progrès sûr et certain, l'objet intelligent nous rend chaque jour un peu plus bête. Qui diminue l'entropie dans le système des objets l'augmente dans celui des sujets. On voit jusqu'où peuvent mener les commodités de vie chez les gosses de riche et nos politiciens. Faiblesse de caractère, intolérance au malheur, impatience devant l'obstacle. Félicité et facilité, méfions-nous, cela consonne.

Lassé des embouteillages, l'homme-tronc coincé dans sa boîte automobile retrouve ses jambes en faisant le tour du Luxembourg. Le postmoderne ne trouvera son salut que dans sa trottinette. Le GR répare l'autoroute, l'alpinisme, la télé, le produit de la ferme, l'usine à viande. Dans le meilleur des cas, Homère rattrape le best-seller du jour. On sillonnera la planète Mars en patins à roulettes. Rien n'est donc perdu. Il n'est pas exclu que le transhumanisme engendre demain un humaniste féru, comme hier, de grec ancien.

Il est dur de découvrir que les sublimes vahinés tahitiennes, dans Papeete archi-embouteillé, sont du genre dondon. On avait déjà dû déchanter à Paris même. Les rives gauche et droite n'en font plus qu'une et le morne centre a gagné. Pas facile de s'en remettre.

Pétrarque ayant vaincu le mont Ventoux en 1336, force nous est d'admettre qu'il n'y a et n'y aura plus rien d'inaccessible, et donc de merveilleux, au-dessus et au-delà. On a voulu croire, pour se donner le frisson, qu'il y aurait de l'inouï encore plus haut. Bernique. On a vu de près, assez pour deviner qu'il n'y aura rien de très bouleversant à voir sur Mars. La planète rouge paraît grise, caillouteuse et sans charme. Plus c'est loin, plus c'est moche. On pavoise ?

Oui, on le peut encore si l'on regarde non plus l'astre mais la façon d'y arriver. Il est là, le fabuleux : l'astromobile de la NASA, la grue volante, les élingues et les capteurs, l'arrimage du véhicule, l'ouverture du parachute. Le doigt est plus merveilleux que la lune. On en revient toujours là : *medium is message*.

« Les petites choses viennent à bout des grandes [...]. Le rat du Nil tue le crocodile. » Hugo aujourd'hui n'en finirait pas de compléter : le petit écran fait la nique au grand, le 10/18 à l'in-quarto, le tract au traité, l'épigramme à l'épopée, le mocassin au brodequin, la BD au pavé, le pitch à la tartine, le clip à la séquence et la puce à la bombe. Le poignard a plus d'avenir que jamais. *Less is more* depuis le début. Les dieux de marbre n'ont pas tenu le coup devant Celui qui tenait dans une poche. L'infini en petit format est à compter parmi les plus grandes conquêtes de l'homme.

Faut-il encore mettre une majuscule à Histoire ? On n'a plus les moyens de la grande Hache ; on doit se débrouiller désormais avec un couteau à poisson. Ce changement de portage s'appelle « une histoire française ».

Et si le village *global* n'était pas promesse de belles et fructueuses rencontres, mais de cassages de gueule à répétition ? « Plus sur terre il y a d'hommes, plus il y a d'exaspération. » Un prophète, Henri Michaux, ce barbare en Asie, qui aurait bien ri des blablas sur le « gouvernement mondial ». Il est fort à craindre que la mondialisation mette fin à la conversation. Il fallait un poète pour mettre le doigt sur le pot aux roses : plus on est proches les uns des autres, plus on a envie de se taper dessus.

Pourquoi se plaindre de tomber en morceaux ? On a bien plus à craindre des gens entiers qui, seuls avec eux-mêmes, doivent finir par s'ennuyer à force d'être d'un seul bloc. Quand on est plus d'un en un, et souvent pas d'accord entre nous, on peut se disputer tout seul. C'est plus distrayant.

La pandémie : l'humanité comme un seul peuple, chacun sa niche. Le « dialogue des civilisations » relevait d'un conte de fées. On a beau mettre les bouchées doubles côté colloques, symposiums, clichés, vœux pieux, onusades, sommets et conférences, six ou sept cosmologies (autant que de civilisations) pour un seul cosmos, le lieu commun ne met pas de l'huile dans les rouages. Les marchandises et les savoirs circulent, les ethnies et les croyances se barricadent. Ça restreint la circulation mais ça met de l'animation. Il serait temps de comprendre que la mondialisation n'abolit pas mais stimule le chacun pour soi. L'*anywhere* et le *somewhere* s'encouragent l'un l'autre. Un micron unifie la planète mais déconseille la poignée de main.

Nous voilà tous sur un même radeau ? Autant dire : une poche, un couteau.

« Le sens de la formule, c'est dangereux, me disait souvent Julien Gracq. Méfiez-vous. Cela peut tuer. » Il avait tort : on a survécu. Il avait raison : mais dans quel état !

On éclate en larmes ou bien on éclate de rire ? Les deux, mon capitaine. L'essentiel est de procéder par ordre. Commencer par le tristounet mais finir par le drolatique. Le temps d'apprendre à rire, il n'est jamais trop tard.

DU MÊME AUTEUR

UN CANDIDE EN TERRE SAINTE, Gallimard, 2008.

LE MOMENT FRATERNITÉ, Gallimard, 2009.

ÉLOGE DES FRONTIÈRES, Gallimard, 2010.

DÉGAGEMENTS, Gallimard, 2010.

DU BON USAGE DES CATASTROPHES, Gallimard, 2011.

JEUNESSE DU SACRÉ, Gallimard, 2012.

MODERNES CATACOMBES, Gallimard, 2012.

MADAME H., Gallimard, 2015.

CARNETS DE ROUTE. ÉCRITS LITTÉRAIRES, Gallimard (« Quarto »), 2016.

CIVILISATION, Gallimard, 2017.

BILAN DE FAILLITE, Gallimard, 2018.

L'EUROPE FANTÔME, Tracts/Gallimard, 2019.

LE SIÈCLE VERT, Tracts/Gallimard, 2019.

D'UN SIÈCLE L'AUTRE, Gallimard, 2020.

Composition Nord Compo
Achevé d'imprimer
par Normandie Roto Impression s.a.s.
à Lonrai en novembre 2021.
Dépôt légal : décembre 2021
Numéro d'impression : 2105488
ISBN : 978-2-07-297411-3 / Imprimé en France

432086